KB062094

존재의 집

시작시인선 0358 존재의 집

1판 1쇄 펴낸날 2020년 12월 1일
지은이 김광렬
펴낸이 이재무
책임편집 박은정
편집디자인 민성돈, 장덕진
펴낸곳 (주)천년의시작
등록번호 제301-2012-033호
등록일자 2006년 1월 10일
주소 (03132) 서울시 종로구 삼일대로32길 36 운현신화타워 502호
전화 02-723-8668
팩스 02-723-8630
홈페이지 www.poempoem.com
이메일 poemsijak@hanmail.net

ⓒ김광렬, 2020, printed in Seoul, Korea

ISBN 978-89-6021-528-3 04810
　　　978-89-6021-069-1 04810(세트)

값 10,000원

*이 책 내용의 전부 또는 일부를 재사용하려면 반드시 저작권자와 (주)천년의시작 양측
　의 동의를 받아야 합니다.
*잘못된 책은 바꾸어드립니다.
*지은이와 협의 하에 인지는 생략합니다.
*이 책의 국립중앙도서관 출판시도서목록(CIP)은 서지정보유통지원시스템 홈페이지(http://
　seoji.nl.go.kr)와 국가자료공동목록시스템(http://www.nl.go.kr/kolisnet)에서 이용하실 수 있습니
　다.(CIP 제어번호: CIP2020049498)

존재의 집

김광렬

천년의 시작

시인의 말

　일찍이 독일의 철학자 마르틴 하이데거는 언어는 '존재의 집'이라 했다. '나는 이 세계 안에 존재하는 실존적 현존자이고, 언어는 너와 나의 관계를 어떤 물음을 통해서 소통하고 이해하고 배려하는 관계에 이르고자 하는 도구(수단)'라는 말이 그 간추린 뜻.

　대부분의 시인들이 그렇지만 나 역시 이 세계에 산재하는 것들, 가령 나무, 풀, 꽃, 바람, 하늘, 산, 물 등의 구체적 사물에서 삶, 죽음, 사랑, 기쁨, 고통, 절망 등의 추상적이면서 관념적인 것들, 그리고 사람, 가족, 사회 등의 여러 관계에 있어서 시를 매개로 하여 삶의 아픔과 의지와 희망에 대해 노래하고 소통하고 싶은 마음 간절했으니, 제목이 주는 무게의 버거움과 무언가 한참은 미흡한 시적 형상화임에도 불구하고 이 시들의 묶음을 감히 "존재의 집"이라 이름 지어보았다.

그것이 부끄러워 한참은 이리저리 망설이고 궁싯거려보았지만 뭐 어떤가, 어차피 내 시와 더불어 오늘도 나는 부족한 존재이고 내일도 그렇고 영원히 미완未完의 존재일 테니.

2020년 겨울, 제주에서
김광렬

차 례

시인의 말

제1부

제1부

절정

불꽃처럼 타오르는 잎사귀가 황홀해서
단풍잎만 바라보며 걷다가
한라산 올라가는
성판악 돌밭 길 그 어디쯤에서
푹 무릎을 꺾고 말았다
살갗에 생채기가 생기고 피가 배어났다

너에게로 가는 일이,
이 정도로는 어림없다

살을 오려내고 뼈를 깎아내어야 한다

물속 사람

처음 가보는 곳인데 낯익게 느껴지는 풍경처럼
어디선가 본 듯한 얼굴
어디서 보았더라,
아무리 생각해도 떠오르지 않아 그 자리에 선 채로

어릴 때 고향 집 언저리에도 가보고
거쳐 왔던 큰길 작은 길도 되짚어 보고
뿌연 어둠 저 너머를 들여다보기도 하고
만났던 얼굴들도 찰칵찰칵 떠올려보지만
어느 것 하나 선명치 않은데

나의 안이나 밖 그 어디선가 자꾸만 본 듯한 사람

귓등 벌겋게 부끄러움을 잘 타던,
장승처럼 말이 없던,
어딘가 아픈 듯한,
그래서인지 늘 추워 보이던,
바라보는 눈길을 티 없이 바라보던,

어디서 보았더라, 비 후줄근히 오다 그친 밤거리

우연히 들여다본 물 고인 웅덩이 속

초라했으나 순박했던 저 사람을

나는 참 오래 잃어버리고 다른 길을 가고 있었네

꽃 피는 아침

바람도 없는데 떨고 있다
떨림 뒤에 하늘은 열리는가
꽃자루 끝에서
깨알 같은 꽃봉오리
핏방울처럼 맺히더니
점점 커져 어느 날 아침
꽃이 핀다 꽃이 핀다
짙붉은 꽃으로 피어난다
아, 나도 저 꽃처럼
지금 바르르 떨고 싶다

사람의 향기 1

진창 속에서 연꽃 핀다
진창 속에서 비로소 사람꽃이 핀다
오래된 사금파리에서 옛 기억이 돋아나듯
오래된 책갈피에서 깊은 영혼의 냄새가 나듯
어둠을 헹구고 나온 그가 참 향기롭다
고통을 모르고 어떻게 꽃이 필까
꽃이어서 꽃이라고 이름 불리는 것보다
캄캄한 세상 발 디디고
서슴서슴 맑게 살아 오르는 꽃,
그 꽃이 오늘은 오롯이 경전이다

사람의 향기 2

여행 중에, 정확히 말하면 가로수 길 따라 통영 시내를 걷는 도중에, 좀 더 정확히 말하면 나뭇잎 다 져버린 어느 가로수 아래를 막 지나는 순간에 느닷없이 그게 왔다 설사, 글쎄 이런 공교로움도 있는가 잎 다 떨쳐 버린 가로수처럼 모든 것을 비워 버리고 싶다는 듯, 비우지 않으면 가만두지 않겠다는 듯 찌르륵 면도날 긋고 가는 배, 금방이라도 폭포처럼 쏟아져 내릴 것 같은 배설물, 나는 화난 사람처럼 얼굴 붉으락푸르락 염치 불구 얼른 눈에 들어오는 길가 빵집을 찾아들었다

해결하고 나오다 불현듯 고마운 생각에 엉거주춤 진열장을 두리번거리는데, 그냥 가도 괜찮다며 해맑게 웃는 그 빵집 아가씨, 그 순간 뜨악해지는 내 얼굴 아, 저 아가씨도 가슴 붉은 사람이었구나

사랑

사랑은 살과 살 뼈와 뼈 실핏줄과 실핏줄 피와 피 마음과 마음이 촛농처럼 한 덩어리로 녹아 허공 속으로 스미고 스며서, 보이지 않는 가느다랗고 단단한 통로를 따라, 참 힘겹게도 너에게로 가 닿는 속 깊고 등 푸른 물줄기이다

누구에게나 사랑은 주어지고 누구나 안에 사랑을 품고 있으나 누구나 사랑을 하지는 않는다

또 사랑을 한다 해도 그 사랑이 누구에게나 가 닿는 것은 아니다 튕겨져 나와 물거품이 되고 마는 그런 사랑도 있다

끝까지 가 닿아 너의 안에서 붉은 꽃으로 피어날 수 있다면 나는 지금 잿더미가 되어도 좋다 잿더미 위에서 다시 사랑은 붉은 꽃 둥그런 핏방울을 맺으리라

손 흔드는 여자

집으로 돌아가는데 길 건너편에서 한 여자가
까치발을 하고 서서 손을 흔들고 있다

마침 뾰족 나온 건물 모서리가
휘돌아 가는 앞길을 가로막아 버려서
상대방이 누군지 나는 알 수 없다

누군가를 향한 손이
마치 나에게 흔드는 손처럼 착각되는 순간
나도 마주 손을 흔들고 싶다

고단한 하루해를 머리에 이고
밭에서 돌아오는 옛날의 어머니에게처럼
높은 고갯마루에 서서

깃발처럼 마구마구 그리움을 흔들고 싶다

손 흔드는 여자가 있어
이 저물녘 거리가 아이스크림처럼 달콤하다

어느 아름다운 사람에게

어느 지방지에 조그맣게 칼럼을 쓸 때
언젠가 잃어버린 번역 시집 이야기를 꺼냈더니
참 오래도록 세월의 손때 배었을 뿐 아니라
책 주인의 깊은 마음씨까지 스민
『二十世紀英詩選』을 이름도 주소도 없이
누군가 우리 집 우편함에 넣어두고 갔다
두꺼운 하얀 백지로 한 겹 정성스레 둘러쌌다
곧 소름 같은 전율이 돌아났고
나는 그것을 책상 앞에 놓고 고민했다
그래, 돌려주고 싶었지만 방법이 없었다
지금도 고이 간직하고 틈틈이 읽으면서
나도 나의 작은 시집 한 권쯤 증정하고 싶었다
그때 그 심정을
마음이 퍼런 하늘보다도 더 높고 고운 그에게
두 손바닥 눈썹 위에 연잎처럼 펼쳐 얹어
공손히 바칠 수 있다면 얼마나 좋을까

삭정이에게

누나와 도란거리며 밥 짓던 어린 날 부엌 아궁이

저 높은 곳 삭정이도
어느 날 낮은 곳으로 사뿐 내려와
타닥타닥 고운 불꽃 일으키며
따뜻한 밥을 지어주었다

누나도 나도 그 밥을 먹으면서 쑥쑥 자라났다

한번 높은 곳에 있어보지 못해도
먼 훗날 나도 삭정이 되어
불길을 일으킬 수 있다면
그 불길로 지은 따끈한 밥 한 끼

저 배 곯고 있는 초승달에게 먹여 주면 안 될까?

못 먹어 홀쭉해진 아이를 바라보는 일은
누구에게나 마음 안쓰러우니까

사랑을 받은 만큼 또 누군가에게

사랑을 주고 싶은 게 사람이니까

무엇보다도,

힘들어도 착하게 살아가는 저 달을 사랑하니까

흰 눈 편지

흰 눈 위에 새 한 마리 총총 다녀가셨다

가느다랗고 앙증맞은 발자국을 새기고 가셨다

빼어난 곡선으로 멋들어지게 휘돌고 가셨다

뜬눈으로 밤을 보냈다고 쓰고 가셨다

밤새 눈 내리다 멈춘 이 하얀 아침,

같이 맑게 돋아나는 해를 맞이하려다

시간에 쫓겨 그냥 돌아간 것은 아닐까 하고

지레짐작해 보는 집 가까운 그 공원 길

나도 거기 몇 줄 종종걸음을 남기고 왔다

내일이나 모레나 아무 날 때쯤

\>

다시 눈 오는 날 때맞춰 우리 함께

하얗게 씻긴 새 아침을 맞이합시다그려, 하고

너를 느껴봐
—어느 늙은 상수리나무 곁을 지나며

가만히 귀 기울여 봐, 너의 안에 무엇이 살고 있는지
지금 당장이라도
훌쩍 키 크고 싶은
어린 상수리나무 하나 움트고 있는 것은 아닌지
땅 비집으며 일어날 때의 그 간지러움을 느껴봐
살갗에 와 닿는 부드러운 흙의 감촉
자글자글 붐비는 젖빛 같은 햇살
살 것 같은 바람의 싱그러운 냄새
늘어지게 기지개를 쫙 펴면
겨드랑이에 날개가 돋아날 것 같은 상쾌한 기분
허나, 성장은 한꺼번에 오는 게 아니어서
너는 몇 번의 성장통을 겪어야겠지
해와 달과 별과 흙과 비바람
그런 것들과 끝없이 이야기 나누며
상처 같은 나이테를 하나하나 새겨나가야겠지
기분 나빴던 일들을 한번 느껴봐
기분 좋았던 일들도 가만히 매만져 봐
삶은 여러 겹 껍질을 한 겹 한 겹 벗겨 내면서
더욱 단단해져 가는 것임을
미워하는 마음은 어디서 오는 것인지

얼른 자라서 높은 자리에 오르고 싶은 욕망이
가시덤불을 키워냈던 것은 아닌지
그러면서 시간은 흘러
어느덧 거기 우람히 선 너,
너의 속은 곪을 대로 곪아서
이제 막 무너지려 하고 있다 후회막급이지만
마지막 그 순간까지
너를, 진짜 너를 숨죽여 가만히 느껴봐

하늘 드높고 싱그러운 이 가을에
—2018년 큰아들의 결혼식에 부쳐

하늘 드높고 싱그러운 이 가을에
산빛 물빛 곱게 물들어 가는 이 시월에
부부의 인연을 맺어
너희들 이 세상 첫발 내딛는구나

가다 보면 가시밭길도 만나리라
가다 보면 살가운 길도 만나리라
가다 삶이 버거울 때면
삶의 가장 기뻤던 때를 생각하고
삶이 기쁠 때면
삶의 가장 버거웠던 때를 떠올려라

앞을 바라보되 앞만 내다보지 말고
옆도 뒤도 돌아보면서
서로에게 사랑한다, 사랑한다고
고운 마음으로 눈빛으로 지그시 말하라
오직 사랑만이
어떤 어려움도 헤쳐 나갈 수 있다

어쨌든 부모라는 이름 때문에

부모는 아팠었다
부모라는 이름 때문에
그 무엇보다 더 기뻤었다

이제 먼 길 걸어가는 아들아 며느리야
행복이란 누가 주는 것이 아니라
스스로 정성 들여 만들고
가꾸어나가는 것임을 잊지 말아라

둘이 하나 되어 걸어가는 앞길에
건강과 희망이 가득하기를 손 모아 빈다

사랑하는 아버지

아직은 추위가 덜 가신 이른 봄
선배가 좀 아프다 하여 집으로 찾아갔지요
선배는 마침 볕 따사로운 거실 소파에 누워
곤히 잠들어 있었어요
막 뜰로 들어서던 나는
유리창 너머로 언뜻 보고 말았지요
선배의 어린 아들이
아버지의 몸에 홑이불을 덮는 것을

가슴이 뭉클해서 그 자리에
나무처럼, 나무처럼 꼼짝 않고 서있었지요
곧 눈치챈 아들이 아버지를 깨우려는 것을
손사래와 눈짓으로 조용히 말리고
말없이 그 집을 나왔지요

돌아오는 내내 그 아이의
그 따뜻한 눈길이 눈에서 지워지지 않았어요
나도 언제 한번 아버지에게
다사로운 눈빛 건넨 일 있었던가 하고
옛날로 거슬러 올라가 보았지요

하도 부끄러워

아무도 나를 알아보지 않기를 바라며

고개 숙인 채 가만히 집으로 돌아왔어요

버스는 간다

버스는 자기를 기다리는 사람들에게로 간다
기다리지 않아도 간다
단 몇 초의 만남일지라도 마다하지 않을 것이다
주저앉는 순간 그것은 버스가 아니므로
누군가를 만나기 위해 어딘가로 가는 나도
포기하는 순간 나를 잃어버릴 것이므로
간다, 스스로 차를 굴리지 못하는 빈손들에게로
어느 불빛 아롱아롱 외로운 버스 정류소
한겨울 으스스 떨며
시린 발 동동 구르는 사람들에게로
아무리 무릎관절 삐걱거리고 몸 쑤셔도
그들의 든든한 다리가 되어주기 위해
그들이 외톨이가 아니라는 것을 말해 주기 위해
나룻배처럼 수도승처럼 묵묵히 버스는 간다
버스에게는 아픔이 기쁨이다
아 내가 한동안 연락 두절이었을 때
주소 달랑 들고 얼음장 같은 방 허위허위 찾아온
그 옛날의 아버지처럼,
노여운 얼굴에 감춰진 물속 깊은 사랑처럼

마음의 끈

이곳에서 살아가라고 탯줄을 끊었을 때
나는 마음의 끈을 가졌다

보이지도 않고 만질 수도 없는 끈이
어머니와 아버지에게 이어지고
또 다른 피붙이들에게도 이어졌다

그 후에는 적어도 내가 좋아하거나
나를 좋아하는 사람들에게로 뻗어갔다

내가 나쁜 생각을 가지기라도 한다면
그 끈은 어느 날
아주 뚝 끊어져 버릴 것이 분명하다

사랑 없이 살아가는 일은 어려우므로

나는 그 끈을 죽어라 붙들고
노심초사하며 그 가파른 길 걸어왔다
갈 길 잃은 당신도 아마 그러했을 것이다

풋감

집 뒤꼍 감나무에 주렁주렁 매달린 감들
떫은 그 감을
한 입 베어 물고 곧 뱉어내었다

얼마나 감이 먹고 싶었으면
떫은 것을 알면서 따 먹었겠느냐
그나마 조금 낫기는 나을 테지만
노랗게 익어도 떫을 것이 분명한 그 감을
파릇파릇 풋감인 채로 먹었으니

그래도 그 감은 그 감대로
다 쓸모를 가지고 태어났다
지근지근 빻은 감물 풀어 옷감을 물들이면
제주 흙빛을 닮은
고동색 무늬 갈옷이
당당하게 하늘 아래 얼굴을 드러내었으니

숲속의 늙은 당나귀
—어느 숯막을 지나며

저 숯막에는 당나귀 같은 사람 하나 산다
나무를 찍는 도끼 소리 쩡쩡 숲을 울린다
이곳저곳 옮겨 다니며 채벌한 나무를
당나귀 등짐처럼 지고 숯가마 터로 돌아오면
여기저기 어스름이 그을음처럼 배어난다
숯가마에 장작을 재고 끼니를 채우노라면
어느덧 나뭇가지에 걸린 불그레한 초승달은
집으로 달려가고 싶은 속내를 밝힌다
밤새 타닥타닥 장작불은 타오르고
새색시 시절의 아내처럼 불빛은 참 고와
응달진 그의 마음도 한결 따뜻해진다
새벽 발걸음 옮겨 비로소 숯막에 들면
그제야 한꺼번에 무너져 내리는 고단함으로
삭은 지푸라기처럼 깊은 잠에 빠져든다
새벽이슬이 풀잎 끝에 함초롬히 맺히는 동안
장작들은 숯이 되는 풍성한 꿈을 꾼다
그렇게 세월은 하얗게, 하얗게 흘러간다
저기 가난한 숯막에 늙은 당나귀 같은 사람,
하늘과 땅과 바람과 별의 등짐 지고
낮아서 더 높고 아름다운 삶을 살아간다

바다가 보이는 길

억새와 갈대와 쑥부쟁이와 순비기나무와
그런 숨결들이 가만히 빛나는 곳을 지나

발 푹푹 빠지는 흰 모래사장도 지나

긴 돌담과 등대와 연대와 봉긋 솟은 돌탑들과
발밑에서 툴툴거리는 자갈길도 지나

다시 해안도로로 빠져나와 쭉 걸어갈 때도

바다는, 초록빛 바다는 늘 내 옆에 있다

나는 그 길이 무척이나 좋다

먼 훗날 어디에 서나
그런 길 펼쳐져 나를 끝없이 걷게 했으면

풀밭에 누워서

낮은 목소리로 흐르는 바람 소리를 귀담아 듣는다

낮은 언덕배기 아래로 물소리인 듯 아닌 듯

둥둥 바다가 떠가고

멀리 집어등 불빛 그물 바닷고기 후려치는 소리

별들을 이불처럼 덮고 나는 풀밭에 누워서

외롭지 않다고 되뇌어 본다

저 수많은 별들도 혼자일 때는 외로울 거라고

너무나 외로운 나머지

저렇게 반짝이며

안타까이 그리움을 물밀어 보내는 거라고,

별들을 이불처럼 덮고 나는 풀밭에 누워서

되는 일보다 안 되는 일이 훨씬 많지만

그것이 삶의 본디 모습 아니겠느냐며 순응해 본다

무엇이 그리 괴로운가,

물소리가 있고 풀잎 소리가 있고

살아가는 사람들 불빛이 별빛처럼 따뜻하고

욕망을 지워내니

못 견디겠다며 가슴 북북 긁어댈 일은 무엇인가

옆집 아저씨

무언가 거대한 진리를 깨우친 사람만이
등 뒤에 후광을 매다는 것은 아니다
그때 옆집 아저씨가 왜 성스럽게 보였는가?
불면 날아갈세라 걱정되는 어린아이처럼
두 손에 고이 호박을 받들다시피 하고
아파트 계단을 올라오는 모습과 마주쳤을 때
순간 나도 모르게
한 마리 어린양처럼 부동자세를 하고
그 호박과 순정한 눈빛을 맞이했다
지방 대학교 교수였다가 정년퇴직한 그가
씨앗 심어 첫 수확한 호박은
내 감성의 지평을 넓혀 주었다
노랗게 익은 호박을
그토록 다정다감한 눈길로 바라보는
모습을 바라본 순간
저렇게 이슬처럼 맑은 눈빛을 지닌 사람이
다 있었나 하고 전율하고 말았다
그러면서 퍼뜩 그런 생각이 들었다
그는 등 뒤에 눈빛 닮은 호박을 매달고 있다고
그것이 바로 가만히 빛나는 후광이라고

제2부

달빛 편지

밤하늘은 커다란 우체통이다
쓸쓸한 밤이 무섭게 찾아오면
누군가 우체통 한 귀퉁이에
쪽배처럼 접은 편지를 띄운다

오늘도 슬픈 누군가가
슬픈 누군가에게 보내는 편지
편지를 보낸 누군가와
편지를 받아든 누군가 사이로
따뜻한 위안이 흐른다

마음이 몹시 적적한 밤이면
누군가 그리움을 띄워 보내고
그때마다 젖은 눈빛 높이 들어
달빛 편지를 받아 읽는 당신

길 위에서

딱 나를 생각해 주는 나무의 그 넓이만큼
나를 받아주는 서늘한 나무 그늘,
가시덤불 같은 땡볕 빗줄기 속
후줄근히 젖어 걸어왔으니
느긋하게 땀방울 식혀 가도 되겠지요

딱 추위를 피할 수 있는 만큼의
작으나 아름다운 어느 카페
눈썹 새하얗게 눈꽃 피우며 걸어왔으니
따뜻한 차 한 잔
느긋하게 마시고 가도 괜찮겠지요

잠시 쉰다는 것은 어디론가 또
숨 가삐 먼 길 걸어가야 한다는 뜻,
걸어가다 다시 멈춘 그 어느 지점에서
당신이 그러했듯 나 또한
가만한 한숨 속에 내일을 펼쳐나가겠지요

꿈꾸는 집어등

　김녕 앞바다, 썰물, 바다 한가운데로 길게 뻗어나간 여,
용의 잔등 같은 바위 타고 저 멀리 걸어간 길 끝, 캄캄한 바
다를 밝히며 고기 떼 후려치던 그 휘황한 시절은 어디로 가
고 난파한 폐선처럼 파도에 떠밀려 온 깨어진 집어등 하나,
바다 속 해초가 물살에 떠밀려 왔다 떠밀려 가듯 단조로운
흔들림의 되풀이, 더는 빛이 될 수 없는 너를 바라보다가
그때 더 이상 빛이 될 수 없는 네가, 잿더미가 고운 불씨를
다독이며 껴안아 들듯 저 안쪽에는 오히려 진짜 소중한 꿈
을 키워내고 있을지도 모른다는 생각, 외로울수록 안으로
더 사무치는 불씨, 그 불씨 하나 꺼내어 내 안 저 깊은 곳
에 지그시 품는다

비양도 저녁 바다 빛깔

저무는 하루해가 정성껏 짜서 깔아놓은 비단 천을 눈으로
밟으며 나는 바닷가에 섰다

언젠가 터키에 갔을 때 본 수제 융단, 보는 방향에 따라
달라지는 빛깔들이 현란했다

몇 겹의 다른 색실들이 얼마나 섬세한 조합을 이루었기에
층층이 달라지는 바다 빛깔을 떠올렸을까

가까운 곳에서 먼 곳까지 젖빛이다가 연두색이다가 파
란색이다가
거기에 노을빛까지 먹어 노란색 보라색 붉은색까지 어우
러져 한데 어룽지는

헌데, 내가 본 그 형형색색의 빛깔들은 곧 어둠이 닥쳐오
면서 슬그머니 사라져버렸다
또다시 볼 수 있을까
그 저녁 바다 풍경은 판화처럼 찍어내거나 대량생산할 수
있는 빛깔들이 아니어서

>
딱 아까 아 하는 사이 허무하게 지나가 버린 그 찰나뿐,
정작 생애의 꽃 시절은 그리 길지 않다
길지 않아도, 잠깐이어도
한때 이 지상에 머물고 있는 내가 이렇게
숨 막힐 것 같은 비양도 저녁 바다 빛깔을 볼 수 있어서
더없이 행복하다

바다는 저승이다

바다는 저승이다
저승길 문턱에 아슬아슬 모가지 걸어놓고
노동을 캐던 해녀들
바다를 빠져나올 때면
제 정신 줄 하나는 잘 챙겨 들어야 한다
숨 더 참다
한 호흡 짧아서
더는 돌아오지 못할 목숨,
더는 꽃피우지 못할 목숨,

제주 해녀는 저승에서 힘겹게 벌어서
이승에서
조냥조냥* 먹으며 살아간다

* 조냥조냥: '조냥'은 근검절약을 뜻하는 제주 말.

죽음에 빠지다

통, 하고 동백꽃 진다
더 붙들고 싶은 마음 간절해서일까
슬프도록 아름다운 것들은 순식간에 진다
별도봉 허리를 끼고 도는 산책길
바다로 열린 그 어느 벼랑에 자살바위 있다
무슨 기막힌 사연을 지닌 사람들이
무거운 마음의 짐을 지고 와서는
침묵하다 가기도 하고
서럽게 흐느끼다 가기도 하고
깎아지른 벼랑 아래로 각혈하듯
몸을 던지기도 했다
사자死者의 마지막 젖은 눈길이
잠시 먹먹히 뒤돌아보았을 저 등 뒤 세상
나도 한번 물끄러미 뒤돌아본다
동백꽃은 떨어져 내려도
세상은 아직도 거기 그 자리에
전혀 아픈 일 없다는 듯 묵묵히 서있다
과연 그럴까,
사실 이곳에 왔던 사람들도
시름시름
다 저 번잡한 도시 한 귀퉁이에서 왔다

제주 잠녀

바다 한복판에 피어나는 꽃,
저 꽃이 아름답다

뼈마디 바늘로 쑤시듯 아파도
해삼 전복 캐러 간다

오늘도 거친 물속
테왁에 몸 기대고
호오이호오이 토해 내는 힘겹고도 애잔한 숨비소리

내 어머니도 해녀였다
해녀 아닌 여인네 바닷가에서 살기 어려웠다
지금은 늙은이 해녀들만 가마우지처럼 모여 옹기종기 물
질하지만,

제주 해녀들이 우리를 키웠다
눈물 숭숭 박힌 한숨이 고통이 뚝심이
우렁우렁 제주 섬을 키워냈다

바다 한복판에 서슴서슴 피어나는 꽃,

검질긴 그 삶이

면도날 스미듯 가슴 아리다

겨울밤

그 곱던 살과 뼈 모두 어디로 갔지

아, 아, 아, 아, 아, 아, 아, 아

함박눈 퍼붓다 살포시 멈춘 밤하늘에
시린 별꽃이 피어난다

허공 담벼락 아스라이 기어올라
기어이 어머니는 별이 되었다

찌그러지고 속이 텅 빈 깡통처럼
내줄 것 깡그리 모두 다 내어준 뒤

소금 어머니
—터키 소금호수에서

먼 곳 떠나본 일 없는 어머니가
먼 저승길 걸어
이곳까지 온 모양이다

소금처럼 짜디짠 세월
소금처럼 짜디짠 눈물

한 방울 집어 혀끝에 대본다

오래 잊었던 그리운 이 짠맛

내 안으로 들어온다
들어와, 또 다른
광활한 소금호수를 만든다

슬픈 어머니가 내 눈에서
쉴 새 없이 흘러, 흘러나온다

작별

그저 밤하늘의 뭇별들처럼 살았던 사람
몇 번의 수술을 하고
암이 목뼈까지 침범했다는 진단까지 받았을 때
얼마 남지 않은 생을 눈치챈 사람

그제 밤은 쥐 죽은 듯 고요한 태풍 전야
어제는 상갓집을 후려치던 칼날 같은 비바람
오늘 아침은 거짓말처럼 맑아진 날씨
들판에는 상쾌한 바람이 불어가고
젖은 흙을 파내어
그 자리에 한 사람의 생애를 묻는다

나의 마지막을 지켜보러 와줘 고맙다며
저 멀리서 살아있는 듯
두 손 흔드는 고인故人은
향년 오십오 세
아직은
무언가
몹시
안타깝고 서러운 나이

＞
그래, 잘 가시오
머릿속에
이따금
만나던 시절의 희뿌연 흑백 필름을
찰칵찰칵 돌린다

죽은 몸에
잿빛 저승 피 돌아 그대는 저승으로 가고

형님

작년 형님과 벌초 왔던 선산에
오늘은 형님이
부모님 옆자리에 다소곳이 누워있다

기막히다, 그 사이에
번쩍 운명은 갈리고

인간의 힘으로는
도저히 어쩌지 못하는 업業
해탈하라며
풀잎들 속
피어있는 맑은 들꽃 한 송이

허나 나는 그저
무덤에 큰절하고
묵묵히 찬술 한 잔 뿌리고

떨어지는 해처럼
기우뚱,
마음 어두워져 돌아설 수밖에

젊은 나이테

베어진 나무에게로 가 그 그루터기를 바라보자
거기 나무의 손금이 보인다
나무의 삶이 순탄치만은 않았다는 징표일까?
등고선 같은 생명선들이 고르지 않다
삐끗삐끗 빗나갔던 순간들이 보인다
어떤 것은 끊길 듯 아스라이 이어진 것도 있다
어떤 것은 이리로 갈까 저리로 갈까
몹시 망설이다 애써 방향을 튼 것도 있다
힘겹게 스물 몇 해쯤의 청년을 살고서
나무는 이승을 마감해 버렸다
누가 나무의 생애를 관장했던 것일까?
스스로 죽음을 선택한 것은 아니어도
한 생명의 끝은 가슴에 멍울을 달게 한다
그런데, 왜 내가 아는 사람의 한 아이는
젊은 시절을 그리 못 견뎌하다
저 나무처럼 먼저 이승을 뜨고 만 것일까?
더 오래 몸부림칠 성한 곳 하나 없이
그저 눈앞이 먹먹하고 샛노랗기만 했던 것일까

고향 집 마당에 뒹구는 햇살

지나가다 오랜만에 들른 고향 집 그 쓸쓸한 마당,
그리고 그 앞쪽 작은 화단
그곳에 뒹구는 햇살이 참 맑고 고왔다
아주 오래전 도로 확장하면서 두 동강 난 집
그마저 뜯긴 지 오래고 바깥채도 사람 살지 않아
나날이 쇠락해 가는 집 앞뜰엔 장미꽃만 붉었다
화단을 에두른 돌 위에 걸터앉았다가
어슬렁어슬렁 부엌이 있던 자리를 휘돌다가
울타리 너머 이웃집 뒤꼍 뭔가 허전하여
무얼까, 가만히 생각에 잠겨있는데
휙 머리 위를 스쳐 지나가는 동박새 한 마리가
희뿌연 기억을 건드려주었다
아, 동백나무 두세 그루 우람했던 그 자리
없다 허연 나무 그루터기만 덩그러니 남아있다
세월이 유수 같구나, 있었던 것들 없고
사랑하던 사람들 다 어디론가 떠나버리고
마당 가득,
청자 빛깔 하늘을 지그시 눌러 담은 햇살이
눈 시리게 고요하고 푸르러서
나는 그새

눈시울이 촉촉해졌다 이따금씩,

혼자 서있는 나를 잔잔히 흔들어대는 저 햇살

외로운 시간

너는 여기에 없지만 내 마음 안에는 있다
물속에 그림자를 드리우거나
산꽃에 젖는 시간이면 나는 너를 부른다
어느덧 너는 내 곁에 다소곳이 앉아있구나
서로 어깨 기대어
저물어가는 하루해를 바라보고 있구나
너와 함께 있는 저물녘은
순식간에 지고 마는 노을 같아서
이제 자리를 털고 집으로 돌아가야 한다
나는 내일 또
외로운 시간이 깊어지면
가만히 가슴을 열어 내 안의 너를 부르마
너는 내일도 마다 않고
나를 벗하러 그 먼 길 달려와 주겠지

쓰레기 봉지를 버리며

기억 속 어딘가에 들어있으리라 여겼던
그 무엇인가 없다
아파트 공용 쓰레기통에
비닐봉지 뭉치를 버리고 돌아서면서
그 무엇을 잃어버린 듯한 느낌,
도대체 무엇일까
어린 시절 보물처럼 간직했던
왕사탕이나 구슬 딱지?
고향 집 뒤꼍 수국 발치에 묻어두었던 작은 꿈?
창공을 날갯짓하던 푸른 날개?
춥고 어둡고 따뜻했던 날들의 추억?
아무리 뒤적여도 손에 잡히지 않는다
궁싯궁싯 나는 걷는다
쭈뼛쭈뼛 또 찾는다
없다, 없다, 없다 내 주머니에 내가 없다

사진

금방이라도 꽃잎들 수천수만의 날갯짓으로
흰나비처럼 팔랑거리며
허공으로 날아오를 것 같은 배나무 아래
연분홍 꽃다발을 든 여인이 화사하게 서있다
여인의 등 뒤에는 오래된 토담집 한 채,
그야말로 옛날식 낡은 나무 툇마루가 놓여 있고
푸르스름한 음영이 깔린 부엌 안쪽은
서서히 짙어가다 빛 뚝 끊기며
불쑥 도채비*라도 뛰쳐나올 듯 아주 깜깜하다
아무리 보아도 꽃을 든 현대식 여인이
너무 작위적인 것 같아 나는 그 자리에
어릴 적 초라한 누이를 살짝 세워본다
아름다워라 얼굴 예쁠 것 없고
화사한 꽃 한 송이 들고 있지 않아도
오월 어느 날 오후 무렵
온 힘으로 쏟아져 내리는 햇살 눈부셔
누에 굼실거리며 기어간 자국처럼
잔뜩 찡그린 모습이 나를 번지게 한다
번져서, 오래오래 옛 추억 속을 떠돌게 한다

* 도채비: '도깨비'의 제주 말.

내 마음이 기우는 쪽

내 마음이 기우는 쪽은 어디인가?
수십 년 아궁이 불 피워 올려서
그을음 잔뜩 배이고 배인
시꺼먼 부엌 천장과 사방 벽,
그 아래 솥검정 같은 어머니와 아버지
새까만 손톱의 아이들
달그락달그락 양푼의 밥을 파먹던,
한술이라도 더 떠먹기 위해
말 한마디 아끼던,
그 속으로 이제 돌아갈 수 없지만
돌아가지 못해도 괜찮다
화선지에 먹물 번지듯
마음을 물들이는 그때 그 사람들
여전히 내 안에서 지지고 볶으며
오글오글 감질나게 살아가고 있으니

버려진 공연장에서

아치형 지붕과 나무 바닥 사이가 너무 쓸쓸하다
그래서일까
무대에는 떨어져 누렇게 말라붙은 솔잎들만
푸르던 옛 시절을 그리워하는 것 같다

처음에는 촉망받는 인재처럼 꿈에 부풀었으리라

허나 지금은 아무도 무대에 서지도 찾지도 않는 곳
우연히 지나가던 한 초라한 객客만
그 앞 노천 의자에 앉아
지나간 시간들을 줍다
그마저 어디론가 떠나버리면

홀로 남겨져
다시 깊은 적막 속으로 빠져들 것이 거의 분명한

제주도립도서관 옆 공원에 늙어가는 공연장 하나

걱정 마라, 이제는 나 멀리 떨어져 있어도 늘 가까이 있듯
떨어지는 해처럼

세월의 뒷전으로

함께 뉘엿뉘엿 저물어가 줄 테니

깨달은 자의 빵

길쭉한 그 빵을 세로로 북 찢어냈을 때
안이 텅 비어있는 것은
마음을 비우라는 뜻은 아니었을까
안은 늘 꽉 차있어야 한다는
고정관념에서 벗어나라는 일침,
그것은 재료를 아끼려는 속셈이거나
순간적 충격을 제공하려는
고안자考案者의 엉뚱한 속임수이기보다
탐욕을 깨우치려는
깊은 속뜻일지 모른다
열어보는 순간 눈이 휘둥그레지면서
마음이 텅 비는 것을 느꼈으니
영락없이 그것은 깨달은 자의 빵

반성 1

늙은 매화나무가 피워낸 하얀 꽃이
왜 저리도 고운가, 했더니

온몸에

허물 딱지가 앉도록

밤새 뒤척이며

피워 냈기 때문이다

반성 2

칼로 흥한 자 칼로 망한다며
남을 쓰러뜨린 사람
또한 칼로 무너졌으니
정작 자신은 칼로 흥한 자임을 몰랐던 것일까
복수는 복수를 낳고
사랑은 사랑을 낳는다는 것을
몰랐을 리 없지마는
그는 원한을 사랑으로 베풀지 못했다

나의 삶은 어떤가?

살아있다는 것, 그 눈물 나는 기쁨

눈물샘을 자극해서 눈물이 나는 사람은 행복하다 눈물샘을 자극하지 않아도 저절로 눈물이 샘솟는 사람은 더 행복하다 당신과 내가 여기에 함께 살아있다는 것, 그것이 그 무엇보다도 행복하다 저기 고달픈 생을 온갖 몸짓으로 살아왔던 한 목숨이 떠나왔던 곳으로 훌훌 떠나가고 있으니 눈물 아니 날 리가! 그것은 망자에 대한 융숭한 기림이면서 살아있는 자신에 대한 기쁨의 눈물이리라, 그 눈물 참 맑고 단단하다

제3부

살아가는 소리들

적막을 찾아 숲속으로 갔다
적막은 어디서 고른 숨을 쉬고 있을까?

숲속에도 살아가는 소리들로 가득했다
나뭇잎들 사르르 쉴 새 없이 바람에 흔들리고
나무와 나무 사이로 햇살 반짝거리고
집을 빠져나온 개미들 어디론가 줄지어 가고
딱따구리들 딱, 딱 나무를 쪼아대고
부지런히 풀 뜯던 수노루들
뿔 맞대어 싸우기도 하고
바람 타며 까마귀들 간간이 울부짖고 있었다

노동 없이 저무는 하루는 마치,
숨죽인 시간들보다 더 괴롭다는 듯

고요는

　고요는, 시끌벅적한 것들 사이로 온다 깃대에 찢길 것처럼 펄럭이는 깃발 사이로 온다 갑론을박하는 논쟁 사이로 온다 전쟁터의 따갑고 차가운 쇳소리 사이로 온다 공사장의 긁어대는 기계 소리 사이로 온다 경계를 가른 철조망, 질퍽거리는 울음소리 사이로 온다 파산 신고한 바람 사이로 온다 상갓집 곡哭소리 사이로 온다 층과 층 사이 쿵쾅거리는 발소리에 끼어서 온다 가끔 가다 앓는 소리 내는 냉장고 사이로 온다 그저 침묵하기만은 싫다는 듯 느닷없이 요동치는 세탁기 사이로 온다 신경질적으로 넘기는 책장 사이로 온다 부스럭거리는 과자 봉지 사이로 온다 돈다발 바라보며 꿀꺽 침 삼키는 목구멍 사이로 온다 그러므로 고요는, 세상의 시끄러운 것들과 함께 온다 와서, 고요는 고요 속으로 잠시 침잠할 겨를도 없이 다시 소음 속으로 훌쩍 떠난다 소음과 소음, 통증과 통증 사이에서 고요는, 책갈피 속 바싹 마른 창백한 꽃잎 같다

야성의 숲

아는 사람을 따라 두세 번 경마장에 간 일이 있었다
경주마들은 오직 머릿속에 돈을 세며 질주했다
인위의 냄새가 풀풀 났다
그러던 어느 날 별도봉 가는 길을 걷다가
그 옆 숲속 산비탈에서
조랑말들이 말발굽 모으는 모습을 보았다
쿵, 쿵, 쿵, 우당탕탕, 히히힝
천연의 소리를 내면서 천지개벽하듯 내달렸다
뒤따라가는 한 마리가
앞서가는 한 마리를 앞지르지 못하자
입에 하얀 거품을 빼물었다
심줄들이 우둘투둘 씰룩씰룩 부풀어 올랐다
산술로 그려지지 않는 본능적 욕망들이
날것처럼 뜨겁고 싱그러웠다
고요하던 내 피톨들도 거세게 요동쳤다
나도 꽉 막힌 일상들을 부려놓고
저 조랑말들처럼 거칠게 내달리면 어떨까?
허공을 떠돌던 바람이
내 옷자락을 제멋대로 팽팽하게 부풀려 놓았다

들판에 꽃 보러 갔다가

들판에 꽃 보러 갔다가 꽃 다 져 아쉬운데

들판의 꽃만 꽃이 아니라

내 안 외로움의 꽃도 꽃이고

우리 집 화분에 피어있는 꽃도 꽃인 것을

가까이 있는 꽃은 몰라보고

멀리 있는 꽃만 가슴 설레며 보러 갔다

풀꽃 향기를 기다리는 밤

맑게 깨어나는 아침을 맞이하기 위해
밤은 두 다리 길게 뻗어 깊은 잠에 들고
나는 거기에 한 다리 걸쳐보지만
잠이 오지 않아
한밤 내내 머리가 무겁다

누가 왔으면 좋겠다
문 두드리면 얼른 달려가 열어주고 싶은 마음이
문 쪽에 꽂혀 있다
누가 와서 문 좀 두드려다오
어서 병든 나를 꺼내 다오
뒤척이는 나를 껴안아 다오

시기와 질투와 아집과 편견이
무수히 자라나는 밤,
비워 내야 한다며 더욱 욕심이 커나가는 밤,
아침 창가에 머무는
싱그럽고 맑은 풀꽃 향기가 그립다

그대가 늘 그곳에 있어

슬프나 기쁘나 늘 그대가 그곳에 있어

나 그대에게로 간다

그대 먼저 나를 찾지 않아도

그대에게로 가는 발걸음 힘들지 않다

그대가 먼저 나에게로 오지 않아

섭섭했었다는 말을 꺼내기 전에

내가 좀 더 가까이 다가가지 못해

참 미안했었다고 말해 준다면

이 세상 끝나는 그날

그대 고운 눈길로 나를 보내주리라

사랑의 지팡이

성읍마을에서 표선마을로 가는 버스에서였다

늙은 아버지와 젊은 장애인 딸이 탔다

둘이 모두 지팡이를 짚고 있었다

먼저 자리 잡은 아버지가 옆자리를 가리키며
"이리 와서 조심히 앉으렴."
하고 다정히 말했다

그 말이, 그 억양이

짚고 있는 지팡이보다도 더
따스하고 견고한 것이라는 생각이 들었다

어느 작은 새의 죽음

입에 하얀 거품을 물고 그 작은 새는 죽어갔다
한때 사랑하는 애인 앞에서
나 보란 듯
꽃나무 위를 날렵하게 스쳐 지나기도 하고
떨며 거센 비바람 헤쳐 나가기도 했을
은빛 날개 앞에서 나는 처연해졌다

내가 보다 젊은 시절에 죽음은 두려웠고
지금도 두렵지만
그 무엇보다 더 두려운 것은
사랑하는 사람 앞에서
나 보란 듯 재빠르게 걷지 못하고
번쩍 무거운 짐을 들 엄두도 못 내는 일이다

막고굴 부처상과 벗하여
―실크로드에서

어젯밤 깊도록 술잔 기울였나 보다

막고굴 부처상 얼굴이 붉은 홍시 같다

함께 갔던 병택이 형도 무병이 형도 석희 형도 대용이 형
도 기철이 형도 나도
낯빛이 발그레하다

마음이 한참은 꿀꿀하거나
여행의 흥취가 도도하거나
집 생각이 간절할 때
기분을 핑계 삼아
한잔 들이켜기도 하는 것이다

한 꺼풀 껍질을 벗겨 내면 모두
울고 웃고 부대끼며 살아가는
그저 먹먹한 갑남을녀甲男乙女들이다

따뜻한 집
—아이들에게

오늘 새털구름 한 점 없이
저리도 하늘이 물속처럼 퍼런 것은
사랑하는 누군가 오기 때문이다

그들을 맞이하기 위해 손은
어지럽혀진 책들을 정리하고
허드레 것들을 흘려보내고
떨어진 머리카락을 줍고
꽃나무들에게 물을 주고
구석구석 처박히고 매달린
불길한 징조들을 거둬낸다

그래도 그냥 그대로 남겨 둔 것은
눈에 익고 몸에 밴 것들이다
지친 너희들을 맞이할 따뜻한 집

커튼을 닫으며

커튼을 닫자 당신의 이마가 곱게 펴진다
그 언젠가 험한 산골 동네로 시집가서
헐벗은 집안을 일으켜 세우기 위해
힘든 일 마다 않고 발버둥 치던 세월이
이마에 수많은 골짜기를 만들어냈다
남편은 산골 사람답게 순박했으나
썩 힘든 일까지 내켜 하지는 않았다
어떤 때는 내처 활자만 들여다보았다
감당하기 어려운 시간들 속에서
하염없이 이마의 밭고랑만 깊어져 갔다
속이 썩어 문드러지지 않은 것만도
천만다행이라며 앙가슴을 쓸어내렸다
어떤 자식은 훌륭히 잘 키워냈으나
어떤 자식은 서둘러 일찍 가슴에 묻은
당신의 기구했던 생애,
커튼을 닫으면 당신의 근심이 펴질까?
커튼을 열다가 나는 다시 닫는다
수려한 창밖 풍경을 못 본들 어떤가
당신의 모처럼 느긋한 안식을 위해
방 안의 커튼을 닫은 채로 가만히 둔다

목련 나무 아래서
—제주의 춤꾼 김희숙 씨, 춤 인생 60주기를 맞이하여

목련 나무 아래서 목련꽃을 바라보니

목련꽃 닮은 그대 모습이 어른거립니다

목련꽃은 채 가시지 않은 꽃샘추위 속에서

시린 비바람을 이겨내며 피어나는 꽃

어쩌면 화사하게 보일지도 모르지만

저 깊이 아련한 슬픔이 배어있는 꽃,

한때 암癌으로 죽을 고생 했다지요

살아질 것 같지 않다 했지요

그런데 어느 날 살아 돌아왔더군요

목숨이 긴 유리병 속에 갇혀있는 동안

주위의 사랑하는 사람들과

그토록 아끼는 춤만을 떠올렸다는군요

소망이 간절하면 하늘이 감동하고

스스로가 스스로를 감화하는 법,

살아 춤을 추고 싶다는 내면의 울림이

자신을 어둠 속에서 건져냈다고

그대는 제주 바다 물결의 높낮이로

목련꽃잎의 떨림으로 하얗게 울었습니다

목련 나무 아래서 목련꽃을 바라보니

그대의 살아온 반생애가 얼비쳐서

내 눈에도 눈물 그림자 어룽졌습니다
그대, 오래오래 건강하시고
목련꽃 같은 손짓 발짓 눈짓으로
떨며 몸부림치며 이 세상 이겨나가세요

존재의 집

바람 부는 쪽으로 크게 휩쓸리는 나뭇잎들이
제자리로 돌아가기 위해 안간힘 하고 있다
깃대에 매달린 깃발들도
깃대를 떠나지 않기 위해 몸부림치고 있다
얼핏 보기에는
바람에게 자신을 내맡겨 버린 듯하지만
진정한 자유는
무책임한 방종과는 다르다는 듯
끝내는 자신의 자리를 꿋꿋이 지켜내고 있다
찢길 듯 펄럭이며 떠난 곳으로 다시 돌아오는
그 반작용을 보면 알 수 있다
상대방이 힘세다고 섣불리 꺾일 수 없는
자존감 같은 것이 나뭇잎들에게는 있다
깃발들에게는 있다
사람들에게는 있다
바람 부는 쪽으로 찢길 듯 휩쓸리다
제자리로 돌아와 든든히 서는 것들,
그들은 늘 자신의 안쪽을 깊게 들여다본다

고비

어디로 가던 길이었을까 잘못 들어와
사무실 복도 한 귀퉁이에 쿡 처박힌 새

누구나 한 번쯤은 생명의 위협을 받고
누구에게나 한 번쯤은 기회가 주어지듯

누군가 발견하고 부리나케 달려와
창밖으로 날려 달라고 했을 때

최소한 한 번의 기회는 주어져야 한다는
기계적인 생각보다

위험에 빠진 하나의 생명을
모른 체할 수 없다는 측은지심으로

저 멀리 새를 날려 보냈다
나에게도 그런 아찔한 고비가 있었다

고통의 성찬
―코로나19·1

개나리꽃도 목련꽃도 벚꽃도 들판의 풀꽃들도
알아주는 사람 없이 홀로 쓸쓸히 피었다 졌다

먼 곳에서 차라리 상춘객들이 찾아오지 말라고
들판을 가득 채운 유채꽃들도
트랙터로 모조리 갈아엎어 버렸다

쌀독에 쌀이 비듯 가게와 식당은 텅 비고
사람들은 스스로 집에 갇혀 노심초사했다

많은 사람들이 역병으로
불구덩이에 파묻히던 시절이 예전에도 있었으나
과학이 보다 발달한 현대 사회에서

영화 속 같은 일이 현실이 되자
더 이상 인간의 오만은 설 자리를 잃었다

자기 이익에 눈멀기보다
묵묵히 자신의 생업에 종사하는 사람들처럼
이제 인류는

더없이 겸손해지지 않으면 안 된다

자연은 자연에 역행하는 인간을 위해 또 무슨,
거대한 고통의 성찬을 준비하고 있는지 모른다

한국인이 말했다
— 코로나19·2

흐르는 것들이 다 무심히 흘러가는 것만은 아니다
물방울들도 어디로 흘러가야 할지를 알면서 흐른다
높은 곳에서
낮은 곳으로 흐르는 뜻은
낮은 곳에
깊고 넓은 세계가 있기 때문일 것이다

코로나19가 소리 없이 다가와 지구의 목을 조일 때
하인리히 법칙처럼 작은 사고들의 숱한 반복은
가슴 철렁한 결과의 전조이므로
늘 준비하는 자세를 잊지 않았던 것일까

어른들의 잘못 때문에 바다에 수장된 아이들처럼
또다시
소중한 생명들을 잃을 수는 없다고
그 아이들을 생각할 때마다
목메인다고 말한 사람은 한국인이다

흐르는 물의 뜻을 안다는 것은 안다는 것 이상으로
아는 것이다

안다는 것 이상으로
안다는 것은
더 이상은 모른다는 뜻이다 그것은,
더는 수량화할 수 없는 물방울 속 같은 마음이므로

깊은 사랑은 풀잎을 적시고 땅에 스며서
넓은 우주로 가는 물방울 같다

속울음
―벗 수영에게

그때 고맙다는 말을 했어야 했다
아무리 간절하다 해도 늘 기회가 주어지는 것은 아니니까

천둥벌거숭이 시절 밀물의 바다로 나갔다가
허우적거리는 나를 살려낸 수영이
인공호흡을 했나 보다
몇 모금 물줄기 분수처럼 뿜어낸 뒤
겨우 정신을 차린 내가 한 말
'발에 그만 쥐가 나서'라는 그 구차한 변명

어느덧 스물 몇 살 철근콘크리트 같은 근육질을 가진 너
바다의 사나이가 외항선 타고 나갔다가
교통사고로 사망했단다 그 충격,
내가 차바퀴에 납작 깔리는 기분이었다

그날, 내가 먼저 헤엄쳐 갈 테니 너는 뒤따라오라던
그 말이
숙명적인 말이 되고 말았다
보이지 않은 손이 사람의 목숨을 좌우하기도 하는가
나는 그 운명론이란 것에 대해

늘 고개를 갸우뚱하지만
일어난 사실 앞에서 소름이 끼쳤다

끝내 고맙다는 말을 못 했던 게 마음의 짐이 되었다
바람도 다하지 못한 말이 있는가
바위는 또 무슨 설움이 그리 많기에
그토록 오래 침묵하는가
나는 얼마나 길게 속울음 울어야 하는가

골막국숫집

여학교 교문 앞을 지나면 간판이 보이는 집
교복 입은 여학생은 보이지 않는 집
배지근한* 고기국수 맛에 중독된 사람들이
텃새처럼 옹기종기 모여 앉는 집
국수 삶는 아줌마처럼 면발이 굵은 집
보통 국수는 육천 원
곱빼기 국수는 칠천 원 받는 집
반찬이라고는 배추김치만 달랑 나오는 집
국물에 빠진 국수와 돼지고기 수육에
묵은 김치 한 조각 척 얹어 휘감아 먹으면
투박한 맛이 머리끝을 쭉 잡아당기며
정신이 황홀해지는 집, 그 황홀함으로
번거로운 일상 잠시 잊기도 하고
번쩍 새로운 힘을 얻기도 하는 집
한 달에 서너 번 꼴로 그리워지는 집
오늘 점심나절에도 군침 삼키며 다녀온 집
언젠가 내가 크게 아프거나
운신을 못 하는 때가 되면 갈 수 없는 집
그러니 두 발 성할 때 많이 먹어두라고
손짓하는 골막국숫집 그 눈에 선한 국수 맛

* 배지근한: 음식물에 들어있는 기름기가 기분 좋게 느껴지면서 묵직
하고 감칠맛이 나는.

제4부

꽃잎 마음

짓쳐 가는 바람의 손끝에서 간당거리다

사르르 지고 마는 꽃잎

저 꽃잎 떨어져 내리는 동안만이라도

저 바람 마음 한없이 쓰라렸으면 좋겠네

미안해하는 눈빛 하나 없이

망설이는 낯빛 한 번 없이

뒤도 안 돌아보고 모른 척 훌쩍 가버리면

저 꽃잎 살아도 아주 살지 못하리

저 꽃잎 죽어도 아주 죽지 못하리

내가 무섭다

밥을 먹으면서 여전히 허기진 것은
진짜 배가 고파서가 아니라
마음의 배가 고파서라는 것을 안다

불빛 속에서 불빛이 그리운 것은
다른 사람을 위한 등불이 아니라
나만의 등불을 켜왔기 때문이라는 것을 안다

알면서도 나만의 밥그릇을 챙긴다
알면서도 나만의 불을 켠다
그 밥 따뜻하지 않고 그 불빛 어둡다

알면서 그런 삶을 살아왔다
알면서 그런 삶을 살고 있다
알면서 그런 내가 정말 무섭다

호박

내 눈에는 가만히 있으나
내 마음에는 가늘게 움직이고 있다
그 작고 여리기만 하던 것이
굵고 단단해져 가는 것을 보면 알 수 있다
긴 탯줄 배꼽에 달고
땅바닥이나 높다란 담장 위에서
시간을 기다리고 있다
더 여물어야 한다며
뿌리는 쉬지 않고 젖을 흘려보내고
바람과 빛은 넘실거리며 입술을 비벼댄다
숙의민주주의가
민주주의 씨앗 위에서
성숙해 나가는 것처럼 호박이,
가만한 것 같지만
가만하지 않는 소리를
저 깊은 곳에서 내밀히
둥 둥 북소리처럼 울려대고 있다

맑은 길

어느 날 숲길을 걷다가
두 눈 딱 마주친 노루의 착한 눈망울에서
'저 사악한 눈빛이
내 모습이면 어쩌지' 하고
걱정하는 속마음이 비친다
나를 공격하면 나도 맞서겠다며
벼르던 주먹이 부끄러워진다
우연히 마주쳤을 뿐 우리는 적이 아니다
눈과 눈을 읽으면
서로에게 닿는 맑은 길이 보인다

파격

물속에 나무 서있고
그 사이로 초승달 다소곳이 내려앉았다

바람이 발뒤꿈치 들고
사분사분 걸어갈 때 물살이 사르르 흔들렸다

나무도 초승달도 살짝 이마를 찡그렸다
내 눈살도 찌푸려졌다
허나, 미워하지 마라

때로는 파격이
살짝 삐져나온 눈썹처럼 고울 때 있으니

고백
—K의 말

난세를 부르짖는 현장도 아니고
고작 장발족으로 붙잡혀 간 일이 있었다

비좁은 철창 안은
고약한 지린내로 숨이 막혔다

겨우 하룻밤을 새고 나오니
새하얀 햇살이 눈부셔 눈을 뜰 수 없었다

가끔 최루탄 매캐한 연기 속에 있었으나
나는 전사戰士가 아니었다

바리캉 불도저처럼 밀고 간 그 옆,

수풀 같은 머리칼에
서캐처럼 간신히 붙어 여기까지 왔다

침묵

침묵은 노래를 기다리는 현絃이다

기다린다는 말은
맹목적 수동 행위로만 규정해서는 안 된다

안에 품은 불길을 다스리며
지그시 기다리는 기다림도 있다

무르익은 무화과 열매 붉은 속살이
입안에서 터지는 순간
절로 감탄사가 흘러나왔다

침묵은 그렇게 참 오래 기다려서
불꽃처럼 황홀한 노래가 되기도 한다

바늘귀

저 먼 곳에서
수직으로 달려오는 수많은 빛들이
내가 손에 들고 있는
이 바늘귀를
모두 통과할 수 있는 것은 아니다

폭포처럼 쏟아져 내리는
흰빛들이
한꺼번에 작은 구멍을 지나는 일은
내가 저 별을
거머쥐는 일만큼 어렵다

어떤 빛들은 지금
바늘귀를 꿰고 있는 빛에게
얼른 그 자리를 내어주고
자신의 바늘귀를 찾아 나서지만

네가 가는 길을
내가 못 갈 이유가 뭐냐고

\>

억지 부리는 사람아

사실은, 빛 하나하나 흐르는 곳이
한 땀 한 땀 다 바늘귀인 것을

파경
—말, 말, 말, 또는 독설毒舌

가로로 쩍, 금 간 거울의 입에서

깨어진 유리 조각들이

흰 거품처럼 마구 튀어나왔다

허공에 어지럽게 난사되었다

누군가는 크게 상처 입었을 것이다

저 뒷감당을 누가,

어디서부터 어떻게 해야 하나

와불臥佛의 눈*

실크로드 병령사 석굴에 들어서자마자 오른쪽 손바닥으로 한쪽 얼굴을 떠받치고 옆으로 길게 누워 묵상에 잠겨있던 와불臥佛이, 속속들이 너를 들여다보겠다며 시시티브이를 켜듯 감고 있던 왼쪽 눈을 번쩍 떴다 순간 나는 가슴이 뜨끔했다 어린 시절 친구 따라 절집에 놀러 갔다가 막 대웅전 문을 여는 찰나 두 눈 딱 부릅뜨고 노려보는 금동불상을 보고 기겁하여 가시덤불에 무수히 찔리며 혼자 집까지 냅다 뛰었던 기억이 났다 어디를 가든 그 눈이 껌딱지처럼 나를 따라다니는 것 같았다 나는 오랫동안 알 수 없는 누군가의 유리병 속에 갇혀있었던 것이다 지은 죄 많은 모양이다

* 와불臥佛의 눈: 원래는 두 눈을 모두 뜨고 있는 형상이지만 한쪽 눈에 먼지가 수북이 쌓여서 눈을 감은 것처럼 보이는 상태였으며, 내가 막 두 눈을 마주쳤을 때는 한쪽 눈을 번쩍 뜨는 것 같았다.

용눈이오름을 바라보며

어느 일요일 아침 친구가 느닷없이 오름에 가자 하여
차를 타고 가는 용눈이오름
가다 가까운 어디쯤 내려서서 지그시 바라본다
저 오름이 아름다운 것은
먼발치서 바라보는 능선의 아스라한 풍경
산등성이를 타고 물결쳐 가는 선의 고요한 가락
알지, 나무들이 능선을 가려버리면
더 이상 그 고운 자태는 빛을 잃어버려
그냥 운동 삼아 오르는 굽이굽이 지루한 길일 뿐
더는 용눈이오름이 아니다

내가 한 발치 거리 두어서 읽는 언론 기사도
객관적 사실을 보여 주었을 때
멀리서 바라보는 능선처럼 아름다운 것을
포장에 포장을 거듭하여 진실을 가려버렸을 때
알지, 거짓이 진실을 가려버리면
날선 칼로 우리 마음의 눈을 베어낸 뒤
우리 보고 껍데기 세상을 살아가라 하는 것과
다름없다는 것을,
그것은 더는 살아있는 목소리가 아니다
세상 사람들에게 바치는 깊은 사랑이 아니다

손님

꽃샘추위 때면 어김없이 찾아오는 몸살감기처럼

부실한 잇몸을 질책하며 우지끈 아파오는 치통처럼

사과 잇자국에 번지는 붉은 선혈처럼

이른 새벽이면 슬그머니 다가와

슥, 신경을 베고 가는 두통처럼

땅바닥에 뭉텅뭉텅 한 목숨 바치는 동백꽃처럼

아픈 사람이 있다

그가 문밖에서 떨며 울고 있다

이육사

하늘도 그만 지쳐 끝난 저 북방의 고원
다 삭아빠진 소라 껍데기에 간신히 붙어가
서릿발 칼날진 그 위에 서있는 당신을 생각한다

1927년 스물넷 불꽃같은 나이, 장진홍 사건에 휘말려
일본 경찰에게 끌려가 모진 고문을 당하고
철커덕 묵중한 쇠창살이 빛을 잘라냈을 때
당신*에게 주어진 수인 번호는 이백육십사 번
얼마나 치 떨렸으면
이육사李戮史를 자신의 아호로 삼았을까
(뒤에 李陸史로 한자를 바꿔 사용했지만)
이육사李戮史의 戮은 '죽일 육', 史는 '역사 사'
이는 곧, 일본 제국주의 식민지가 된 조선의 역사를
반드시 바로잡고야 말겠다는 굳은 결의,
그리고 마지막 죽음에 이르기까지
무려 열일곱 번의 체포와 구금
더 이상 비껴설 곳 없는 절대 극한 속에서
당신이 꾼 꿈은 무엇인가 그것은,
청포 입은 눈 맑은 선비와
백마 타고 오는 초인을 온몸으로 기다리는 것

시린 눈발 속 은은히 번져나가는
그윽한 매화 향기를 가슴 시리도록 들이마시는 것
당신이 꿈꾸는 아름다운 세상을 위해
아, 당신은 끝내 꽃잎 같은 죽음을 매만졌다
전투 무기 매입 계획을 추진하는 찰나
체포되어 끌려간 1944년
중국 베이징에 소재한 일본 영사관 감옥
혹독한 매질을 당한 마흔한 살의 이육사
거기 찢긴 살갗 사이로 돋아나는 피고름들
당신이 고문을 당하던 바로 그때,
앞으로 황국신민이 된다면 살려 주마고
저들이 협박과 회유를 거듭했을 때
그러마 하고 대답했다면
아마 살아날 기회가 주어졌을지도 모를
허나, 그것은 차라리 죽음만도 못한 더러운 치욕

어디 한 발 비켜설 곳 없는 서릿발 칼날진 그 위에
지금도 당신은 못다 이룬
강철 같은 무지개 꿈을 꾸며 아프게, 아프게 서있다

* 당신: 본명은 이원록李源祿. 아호는 차례대로 李戮史, 李肉瀉, 李陸
  史로 한자가 바뀌어 사용되었다.

봄밤
—'제주 4·3 도민연대'에서 보내온 책자를 보고 나서

낮게 흐느끼며 흐르는 색소폰 소리처럼
밀감꽃 향기가
어둠을 타고 스멀스멀 번져나가
지구를 덮고 우주 끝에 닿을 듯하다

이제 이 냄새 맡고
이승에서든 저승에서든 편지를 주시라
그러면 잠 못 이루는 밤
나 사분사분 잠자리로 돌아가
아청빛 꿈속에서
그대 살아온 내력 떨며 펼쳐들 것이니

나*는 그때 정식재판도 받지 못하고
영문도 모른 채 물 건너
머나먼 어느 지방 형무소로 끌려가
혹독한 고문 속에 생사의 고비 넘나들다
그리운 고향 땅 밟지도 못하고
행불인行不人 신세가 되고 말았으니

제발 잃어버린 나를 찾아달라고,

비틀리고 지워진 나를 나로 돌려달라고……

봄밤, 밀감꽃 향기에 실려
끝없이 밀려오는
어느 알 수 없는 사람의 애잔한 목소리

*

* 나: 4·3 수형인.

웅덩이에 고인 물의 고뇌
―연좌제 시절 내가 알고 있던 한 청년 형

늘 제자리에 고여 웅성거리며 떠나지 못하는 물

어디 한번 뛰쳐나가 볼까 출렁거렸으나
도로 되돌아와 버리는,
더 이상 벗어나지 못하는,

방 안에는 허리 꾸부정한 젊은 사내 하나
그 앞에는 조금씩 어눌하고 비뚤해져 가는 소주병,
그리고 직선으로 곧게 뻗다
휘어지고 꺾이며 블랙홀로 빨려들 듯
창밖 어둠 속으로 사라져가는
안개꽃 같은 연기 몇 송이,
한숨도 몇 다발,
가고 싶은 길은 끊기고
새벽이면 헤매 다니던 성난 풀숲
바짓가랑이에 묻혀 온 깨어진 이슬방울들

도대체 어디서부터 잘못된 건지
부러진 가지,
부러진 뿌리,

부러진 사랑,

그래도 한때
맑고 서늘한 곳에 발 디뎌본 일이 있기는 하다

언젠가 먼 시원始原을 떠날 때

내딛던 그 눈부시게 푸르던 첫 발자국

지금은 한계상황 속 한 뭉치 먹장구름 같아도

그에게도 맑은 물속 같은 시절이 있었다

고인 물은 다시 흐를 수 없는 것일까

무릎뼈에게

아주 그리 심한 것은 아니지만
하루에 한 예닐곱 번 꼴로
왼쪽 무릎에서 뚜두둑 뚝
뼈 어긋나는 소리 힘들다는 소리

너를 위해 언제 한번
솜털구름 위를 걸어본 일 있나
손바닥 땅에 짚고
일을 해본 일 있나

몸의 모든 무게를 떠받치며
하루하루 삭정이가 되어가는
그 하소연 소리를
사실 여태껏 모른 체해 왔다

괴로웠겠지 파란만장한
착취의 역사가, 나는 이제야
미안하다고 참 미안하다고
파스 붙이며 후 입김 불어준다

수평선

그대는 높고 나는 낮아도

그대는 높다 생각 안 하고

나도 낮다 생각 안 하는

어느 수평의 고른 지점에서

우리는 길게 고요하다

그대와 나 오래 평안하다

바닷가 카페에서

흰 기둥과 붉은 벽이 불협화음을 일으키는
그 바닷가 카페는
바닷가 쪽으로 까만 문이 열려 있다

안으로 들어서다 흠칫 놀라 뒤돌아서는데
눈 아래 펼쳐진 파란 바다가
내 고단한 시선을 사로잡는다

바다가 보이는 창가 그 어디쯤 자리하면
흰 기둥과 붉은 벽쯤은
잠시 외면하거나 잊을 수 있을까

파란 파도 소리가 창유리에 와 부딪히며
사금파리처럼 조각조각 부서져 내린다

사는 일이 고달파도 좋다
흰 기둥과 붉은 벽 집에 있다 해도
파란 바다를 노래하면 되는 것이다

허공을 자유롭게 나는 바다 갈매기 한두 마리쯤

살짝 눈썹 위에 얹어놓으면
마음은 금방 수평선처럼 안온해진다

현실은 나날이 분단 이야기와 불안으로 지쳐가도
파란 꿈은 파르라니
그 모든 불협화음을 맑게 씻어낸다

가마우지를 위하여

하늘을 날다 햇빛에 녹아 바다에 떨어진
이카로스의 밀랍 날개처럼
허공으로 솟아오르다
땅에 추락한 사람의 욕망처럼

물에 젖어 날지 못하는 가마우지가
바위에 발톱 박고 서서
물먹은 날개를 말리고 있다

날아오르고 싶은 욕망은
모든 영적인 존재들의 꿈이다

날개*의 주인공처럼
절망 속에서 가마우지는
한 번 더 힘껏 날아오르고 싶은 것일까

간간이 날개를 파닥거리며
먼 하늘을 바라보고 있다

* 날개: 이상이 쓴 소설 제목.

118

해 설

사랑해야 할 시간

차성환(시인, 문학박사)

김광렬 시인은 유한한 자기 존재에 대한 반성적 성찰을
통해 타자에 대한 사랑으로 나아간다. 마음과 마음이 연결
되는 사랑의 순간이 우리 모두가 더불어 사는 세상을 만들
수 있을 거라고 믿는다. 우리의 생生은 "딱 아까 아 하는 사
이 허무하게 지나가 버린 그 찰나뿐,/ 정작 생애의 꽃 시절
은 그리 길지 않다"(「비양도 저녁 바다 빛깔」). 인간은 이처럼 찰
나에 피었다가 스러지는 꽃과 같은 존재이다. "저 깊이 아
련한 슬픔이 배어있는 꽃"(「목련 나무 아래서―제주의 춤꾼 김희숙 씨.
춤 인생 60주기를 맞이하여」)이며 "캄캄한 세상 발 디디고/ 서슴서
슴 맑게 살아 오르는 꽃"(「사람의 향기 1」)이다. 인간은 죽음으
로 향하는 존재이지만 서로를 사랑하고 그리워하는 마음으
로 영원한 존재가 된다. 지상에 있는 뭇 생명들은 다른 존

119

재들과 공존하고 화합하기 위해서 태어난 것이다. 사랑의
마음은 '나'와 '너'를 살리고 '우리'라는 생명의 공동체를 만든
다. 『존재의 집』은 자신에게만 갇혀있던 마음의 물길이 타
인을 향해 흐르게 되는 사랑, 그 과정의 내밀한 기록이다.

바람 부는 쪽으로 크게 휩쓸리는 나뭇잎들이

제자리로 돌아가기 위해 안간힘 하고 있다

깃대에 매달린 깃발들도

깃대를 떠나지 않기 위해 몸부림치고 있다

얼핏 보기에는

바람에게 자신을 내맡겨 버린 듯하지만

진정한 자유는

무책임한 방종과는 다르다는 듯

끝내는 자신의 자리를 꿋꿋이 지켜내고 있다

찢길 듯 펄럭이며 떠난 곳으로 다시 돌아오는

그 반작용을 보면 알 수 있다

상대방이 힘세다고 섣불리 꺾일 수 없는

자존감 같은 것이 나뭇잎들에게는 있다

깃발들에게는 있다

사람들에게는 있다

바람 부는 쪽으로 찢길 듯 휩쓸리다

제자리로 돌아와 든든히 서는 것들,

그들은 늘 자신의 안쪽을 깊게 들여다본다

—「존재의 집」 전문

우리는 모두 세상의 풍파에 시달리는 존재들이다. 바람
이 불 때마다 온몸이 휘청거리며 "크게 휩쓸리는 나뭇잎들"
은 다시 자신의 자리로 돌아가기 위해 "안간힘"을 쓴다. "깃
대에 매달린 깃발"도 바람에 날아가지 않게 "몸부림"을 친
다. 나뭇잎은 나무를 포기하지 않는다. 깃발은 깃대를 놓지
않는다. 이 힘든 싸움을 그만두고 바람 속으로 자유롭게 날
아갈 수 있지만 아무도 쉽게 손을 놓지 않는다. 이들의 펄
럭거림은 바람에 몸을 맡겨서 그런 것이 아니라 "떠난 곳으
로 다시 돌아오"기 위함이고 "끝내는 자신의 자리를 꿋꿋이
지켜내"겠다는 의지에서 비롯된 것이다. 시련과 고난에 굴
복하지 않고 자신의 자리에서 자신의 생生을 간절하게 살아
내겠다는 강력한 신념의 표시이다. 당장은 "바람 부는 쪽으
로 찢길 듯 휩쓸리"지만 다시 몸을 추스르고 언제 그랬냐는
듯 "제자리로 돌아와 든든히" 선다. 나뭇잎과 깃발의 펄럭
거림은 생을 위한 "안간힘"이고 "몸부림"이다. 자기가 서있
는 삶의 자리를 쉽게 포기하지 않고 악착같이 살아있겠다
는 증거인 것이다. 시인은 이들의 몸짓에서 생의 "자존감"
을 발견한다. "사람들" 또한 강인한 생명력으로 고해苦海와
같은 이 세상 속을 힘차게 헤쳐 나간다. 쉽게 버리지 못하
는 어떤 근원을 붙들고 살아가는 것. 그들은 바깥이 아니라
"늘 자신의 안쪽을 깊게 들여다본다". 근원적 힘이 움트는

'존재의 집'을 들여다보는 것이다. 그곳에는 깊은 침묵과 사유가 고여 있다.

김광렬 시인은 사물에 대한 세밀한 관찰을 통해 존재의 근원을 꿰뚫어보는 자이다. 그 통찰은 사물을 경유해 자기 자신에게로 되돌아온다. 끊임없이 스스로를 성찰하고 "몇 번의 성장통"(「너를 느껴봐—어느 늦은 상수리나무 곁을 지나며」)을 겪으며 존재의 성숙으로 나아간다. 그러나 이러한 자기 성찰은 세속으로부터 등을 지고 자신만의 고고孤高한 성을 쌓기 위함이 아니다. '나'는 누구이며 이 삶의 목적이 무엇인지 되묻는 과정에서 그는 낯선 타자의 얼굴을 대면하게 된다.

꽃샘추위 때면 어김없이 찾아오는 몸살감기처럼

부실한 잇몸을 질책하며 우지끈 아파오는 치통처럼

사과 잇자국에 번지는 붉은 선혈처럼

이른 새벽이면 슬그머니 다가와

슥, 신경을 베고 가는 두통처럼

땅바닥에 뭉텅뭉텅 한 목숨 바치는 동백꽃처럼

아픈 사람이 있다

그가 문밖에서 떨며 울고 있다

—「손님」 전문

'나'는 이유를 알 수 없는 통증에 괴로워한다. 그것은 "몸
살감기"와 "치통"과 "두통"으로, "사과 잇자국에 번지는 붉
은 선혈"과 "땅바닥에 뭉텅뭉텅 한 목숨 바치는 동백꽃"의
모습으로 다가온다. 정체를 알 수 없는 통증은 "이른 새벽"
에도 다가와 '나'를 괴롭힌다. 내가 제어하지 못하는 어떤
통증. 그것은 한 명의 "아픈 사람" 때문이다. 어느 날 문득
"문밖에" 와 떨면서 울고 있는 자가 있다. 얼굴을 알 수 없
는 '그'는 과연 누구일까. '나'에게 통증으로밖에 감각되지
않는 사람. 여기서 "아픈 사람"은 중의적인 의미를 갖는
다. '그' 본인이 "아픈 사람"일 수도 있고 '나'에게 "아픈 사
람", 즉 '나'를 아프게 하는 "사람"일 수도 있다. '그'는 "아
픈 사람"이면서 동시에 '나'에게 통증으로 다가오는 "사람"
일 것이다. 누군지 알 수 없는 이 낯선 존재가 '나'를 아프
게 한다. '그'의 통증이 '나'에게 전해지는 것일까. '나'는 아
직 "문"을 열지 않았다. '그'는 우연히 나에게 다가온 낯선
타자이다.

퉁, 하고 동백꽃 진다

더 붙들고 싶은 마음 간절해서일까

슬프도록 아름다운 것들은 순식간에 진다

별도봉 허리를 끼고 도는 산책길

바다로 열린 그 어느 벼랑에 자살바위 있다

무슨 기막힌 사연을 지닌 사람들이

무거운 마음의 짐을 지고 와서는

침묵하다 가기도 하고

서럽게 흐느끼다 가기도 하고

깎아지른 벼랑 아래로 각혈하듯

몸을 던지기도 했다

사자死者의 마지막 젖은 눈길이

잠시 먹먹히 뒤돌아보았을 저 등 뒤 세상

나도 한번 물끄러미 뒤돌아본다

동백꽃은 떨어져 내려도

세상은 아직도 거기 그 자리에

전혀 아픈 일 없다는 듯 묵묵히 서있다

과연 그럴까,

사실 이곳에 왔던 사람들도

시름시름

다 저 번잡한 도시 한 귀퉁이에서 왔다

—「죽음에 빠지다」 전문

시인은 제주의 "별도봉" 오름에 올랐다가 "어느 벼랑"에

서 "동백꽃" 한 송이가 떨어지는 장면을 본다. 꽃이 피고
지듯이, "슬프도록 아름다운 것들은 순식간에 진다". 유난
히 자살하는 사람이 많아서 "자살바위"라는 이름이 붙여진
모양이다. '나'는 "자살바위"에 올라섰던 사람들의 마음을
헤아려본다. 세상살이에 버거웠던 그들의 "기막힌 사연"과
"마음의 짐"을 가늠해 보고 그들의 "침묵"과 흐느낌에 조용
히 귀 기울인다. "깎아지른 벼랑 아래로 각혈하듯/ 몸을 던"
졌던 사람들은 "동백꽃"처럼 순식간에 피었다가 흔적도 없
이 사라졌다. 죽음을 결심한 사람이 "자살바위" 위에 서서
생의 "마지막"으로 "뒤돌아보았을 저 등 뒤 세상"을, '나'는
쓸쓸하고 안타까운 마음으로 "물끄러미" 바라보는 것이다.
그곳에는 하나의 소중한 생명이 자기 손으로 목숨을 끊어도
"전혀" 아파하지 않는 "세상"이 있다. "위험에 빠진 하나의
생명을/ 모른 체할 수 없다는 측은지심"(「고비」)이, 이미 오
래전에 사라진 "세상"이 거기에 있다. '나'는 "이곳에 왔던
사람들도" 그 삭막하고 "번잡한 도시 한 귀퉁이에서 왔다"
는 사실을 깨닫는다. 인간에 대한 존엄성이 사라져버린 세
상과 그 속에서 상처 입고 버려진 사람들의 이야기는 가슴
아프고 애잔하다. 시인은 마지막 길을 떠난 그들이 외롭지
않게 그곳에 오래 머물렀을 것이다. 그리고 자신의 삶을 되
돌아보았을 것이다.

밥을 먹으면서 여전히 허기진 것은

진짜 배가 고파서가 아니라

마음의 배가 고파서라는 것을 안다

불빛 속에서 불빛이 그리운 것은

다른 사람을 위한 등불이 아니라

나만의 등불을 켜왔기 때문이라는 것을 안다

알면서도 나만의 밥그릇을 챙긴다

알면서도 나만의 불을 켠다

그 밥 따뜻하지 않고 그 불빛 어둡다

알면서 그런 삶을 살아왔다

알면서 그런 삶을 살고 있다

알면서 그런 내가 정말 무섭다

—「내가 무섭다」전문

　'나'는 밥을 먹어도 "허기"를 느끼자 이 "허기"가 육체의
것이 아니라 "마음"의 것임을 깨닫는다. 그동안 "다른 사람
을 위한 등불이 아니라/ 나만의 등불을 켜왔"고 "나만의 밥
그릇"만 챙겨왔던 것이다. '나'만을 위했던 "그 밥"과 "그 불
빛"은 따뜻하지도 않고 어둡기만 하다. "다른 사람"과 나누
어야 한다는 것을 알지만 실천하지 않고 그냥 "그런 삶을 살
아왔다". "문밖에서 떨며 울고 있"던 "아픈 사람"(「손님」)을

126

외면하고 자신만을 지켜온 삶을 반성하고 있는 것이다. 그것은 무서운 일이다. "저 번잡한 도시 한 귀퉁이"(「죽음에 빠지다」)의 일이다. 배고픈 자가 있어도, 춥고 떨고 있는 자가 있어도 아무도 돕지 않는 세상은 그들의 고통을 "알면서도" 자신의 배만 채우고 실천하지 않은 우리들이 만든 세상이다.

  시인은 자신이 이제까지 "다른 사람을 위한" 삶을 살아오지 않았다는 철저한 자기반성과 각성을 통해, 인간이 더불어 사는 세상에 대한 꿈으로 나아간다. "그대는 높고 나는 낮아도// 그대는 높다 생각 안 하고// 나도 낮다 생각 안 하는// 어느 수평의 고른 지점에서// 우리는 길게 고요하다// 그대와 나 오래 평안하다"(「수평선」). 우리 사회가 추구해야 할 평화로운 풍경이다. 사람 사이에 위계가 없이 모두가 똑같은 행복과 기회를 누릴 수 있는 세상이다. 그늘진 곳에서 차별받는 사람들과 함께 내가 누리는 행복을 같이 나누는 것이 곧 사랑의 실천이다. 이러한 자기 성찰은 '나'의 이웃을 향해 시선을 돌리게 한다. 내가 미처 보지 못한, 세상의 그늘진 곳에서 조용히 고통을 이겨내고 있을 존재들을 향해 귀를 기울이게 한다.

  맑게 깨어나는 아침을 맞이하기 위해

  밤은 두 다리 길게 뻗어 깊은 잠에 들고

  나는 거기에 한 다리 걸쳐보지만

  잠이 오지 않아

한밤 내내 머리가 무겁다

누가 왔으면 좋겠다
문 두드리면 얼른 달려가 열어주고 싶은 마음이
문 쪽에 꽂혀 있다
누가 와서 문 좀 두드려다오
어서 병든 나를 꺼내 다오
뒤척이는 나를 껴안아 다오

시기와 질투와 아집과 편견이
무수히 자라나는 밤,
비워 내야 한다며 더욱 욕심이 커나가는 밤,
아침 창가에 머무는
싱그럽고 맑은 풀꽃 향기가 그립다

　　　　　　　　　—「풀꽃 향기를 기다리는 밤」 전문

　사랑이란, "문밖에서 떨며 울고 있"(「손님」)는 "어느 알 수
없는 사람의 애잔한 목소리"(「봄밤—'제주 4·3 도민연대'에서 보내온 책
자를 보고 나서」)를 들었을 때, 그 낯선 이가 "문 두드리면 얼른
달려가 열어주고 싶은 마음"이다. 아무런 조건 없이 타자에
대한 무한한 열림과 긍정으로 내 안에 받아들이는 것이다.
그것은 타자를 위하는 일뿐만 아니라 "시기와 질투와 아집
과 편견"으로 "병든 나"를 살리는 길이기도 하다. 시인은

"비워 내야 한다며 더욱 욕심이 커나가는 밤"에서 깨어난다. 존재의 각성은 자신을 타자를 향해 무한히 열어놓는, 진정한 사랑의 실천으로 나아가게 한다.

사랑은 살과 살 뼈와 뼈 실핏줄과 실핏줄 피와 피 마음과 마음이 촛농처럼 한 덩어리로 녹아 허공 속으로 스미고 스미면서, 보이지 않는 가느다랗고 단단한 통로를 따라, 참 힘겹게도 너에게로 가 닿는 속 깊고 등 푸른 물줄기이다

누구에게나 사랑은 주어지고 누구나 안에 사랑을 품고 있으나 누구나 사랑을 하지는 않는다

또 사랑을 한다 해도 그 사랑이 누구에게나 가 닿는 것은 아니다 튕겨져 나와 물거품이 되고 마는 그런 사랑도 있다

끝까지 가 닿아 너의 안에서 붉은 꽃으로 피어날 수 있다면 나는 지금 잿더미가 되어도 좋다 잿더미 위에서 다시 사랑은 붉은 꽃 둥그런 핏방울을 맺으리라

—「사랑」 전문

눈에 보이지 않는 사랑을 어떻게 설명할 수 있을까. "사랑"을 만들어내려면 사람의 "살"과 "뼈" "실핏줄" "피" "마음이 촛농처럼 한 덩어리로 녹아 허공 속으로" 스며야 한다.

이 작업이 끝나면 "보이지 않는 가느다랗고 단단한 통로를 따라" "너에게로 가"야 한다. "속 깊고 등 푸른 물줄기"로 흘러서 '너'에게 가 닿아야 하는 것이다. 여기서 끝이 아니다. '너'에게 가 닿은 "사랑"의 "물줄기"가 '너'에게 스며들지 않고 "튕겨져 나와 물거품이 되"는 경우도 있기 때문이다. "물줄기"가 '너'의 심장 가슴속 "끝까지 가 닿아 너의 안에서 붉은 꽃으로 피어날" 때 비로소 이 "사랑"은 완성된다. 진정한 "사랑"은 '나'의 의지만으로는 불가능하고 '너'가 '나'의 "사랑"을 받아들여야만 그 "사랑"의 결실로 "붉은 꽃"을 틔울 수 있다. 사랑하기의 어려움이 여기에 있다. "사랑"은 "누구에게나" "주어지고" 품을 수 있지만 "사랑"의 완성은 아무에게나 주어지지 않는다. "물거품"이 될 것을 각오하고 자신의 육체와 정신을 "한 덩어리로 녹"여 어떤 실리적인 계산도 없이 무조건적으로 '너'에게로만 향해야 하기 때문이다. 시인은 그런 "사랑"을 위해서라면 "지금 잿더미가 되어도 좋다"고 말한다. 자신을 불태우는 헌신을 통해서 "잿더미 위에" "둥그런 핏방울" 같은, "사랑"의 "붉은 꽃"을 피우겠다는 강한 의지를 드러내고 있는 것이다.

　　김광렬 시인은 사랑의 연금술사이다. 그 사랑은 달콤하고 환상적인 마술 같은 사랑이 아니라 타오르는 불길 속에 자신의 몸을 내던지는 강인한 연단鍊鍛의 사랑이다. 자신의 몸이 잿더미로 산화하더라도 그 위에 불가능한 사랑을 실현하려 한다. "너에게로 가는 일이,/ 이 정도로는 어림없다// 살을 오려내고 뼈를 깎아내어야 한다"(「절정」). 그렇기에 그의 사랑은 고통스럽고 처연하다. 그는 "코로나19가 소리 없이 다가와 지구의 목을 조"(『한국인이 말했다―코로나19·2』)이고 있는 현 상황에 대해, "더 이상 인간의 오만은 설 자리를 잃"고 "자연은 자연에 역행하는 인간을 위해 또 무슨, / 거대한 고통의 성찬을 준비하고 있는지 모른다"(『고통의 성찬―코로나19·1』)고 경고한다. 이를 극복할 수 있는 것은 사랑뿐이다. "깊은 사랑은 풀잎을 적시고 땅에 스며서 / 넓은 우주로 가는 물방울"(『한국인이 말했다―코로나19·2』)이 되기 때문이다. 사랑은 죽어가는 인간을 치유하고 자연의 생태계가 파괴된 지구를 되살린다. 사랑은 넓고 넓은 우주를 다 덮을 수 있을 정도로 한없이 깊고 오묘하다. 그는 이제 "사랑 없이 살아가는 일은 어려우므로"(『마음의 끈』) 사랑하는 "당신과 내가 여기에 함께 살아있다는 것, 그것이 그 무엇보다도 행복하다"(『살아있다는 것, 그 눈물 나는 기쁨』)고 고백한다. 그는 사람에 대한 믿음을 버리지 않는다. "사랑을 받은 만큼 또 누군가에게 / 사랑을 주고 싶은 게 사람"(『삭정이에게』)이고 "사랑은 사랑을 낳는다는 것"(『반성 2』)을 믿기 때문이다.

김광렬 시인은 "이슬처럼 맑은 눈빛"(『옆집 아저씨』)으로 "하늘과 땅과 바람과 별의 등짐 지고 / 낮아서 더 높고 아름다운 삶을 살아간다"(『숲속의 늙은 당나귀―어느 숯막을 지나며』). 그 "맑은 눈빛"으로 사람과 사람 사이에 흐르는, "서로에게 닿는 맑은 길"(『맑은 길』)을 바라본다. 타자에 대한 연민과 사랑으로 "살아가는 사람들 불빛이 별빛처럼 따뜻하"(『풀밭에 누워서』)다는 것을 느낀다. 그들은 모두 "외로울수록 안으로 더 사무치는 불씨"(『꿈꾸는 집어등』) 하나씩을 품고 있다. 사랑은 자신이 혼자가 아니라는 사실을 깨닫게 한다. 우리에게는 지켜야 할 사람이 있고 사랑해야 할 사람이 있다. 김광렬 시인은 사람들이 외로운 섬처럼 떨어져 있는 지금이 바로 사랑해야 할 시간이라고 말한다. 각자의 방에서 홀로 외롭게 버티는 사람들에게 당신은 혼자가 아니라는 메시지를 보낸다. 사랑이 간절한 시간이다. 우리는 마음으로 연결되는 사랑을 믿어야 한다. 『존재의 집』에는 사람에 대한 뜨거운 사랑과 그리움이 담겨 있다. 인간이라면 어떠한 일이 있더라도 사랑해야 한다. 인간이기에 사랑해야 한다.